KB215313

행복으로 가는 길은 따로 없습니다.
행복이 곧 길입니다.
이제 시작할 수 있습니다.

간절한 합장을 올립니다.

성진 스님의 행복공양간

초판 1쇄 인쇄 · 2018년 7월 03일
초판 1쇄 발행 · 2018년 7월 10일

지은이 · 성진
펴낸이 · 김미용
펴낸곳 · 도서출판 푸르름
그 림 · 박경귀
사 진 · 하율
편 집 · 이운영, 전형수
디자인 · 정은진
마케팅 · 김미용, 문제훈
관 리 · 문란영

주 소 · 경기도 고양시 일산동구 호수로 358-25 동문타워 2차 917호
전 화 · 02-352-3272
팩 스 · 031-908-3273
이메일 · pullm63@empal.com
등록번호 · 제 8-246호

ISBN 979-11-89041-47-2 (03810)

「이 도서의 국립중앙도서관 출판예정도서목록(CIP)은 서지정보유통지원시스템 홈
페이지(http://seoji.nl.go.kr)와 국가자료공동목록시스템(http://www.nl.go.kr/
kolisnet)에서 이용하실 수 있습니다.(CIP제어번호: CIP2018011853)」

성진 스님의

행복
공양간

글 · 박경귀　그림 · 하율　사진
성진

푸른름

머리말

공양간이란 사찰의 주방이자 식당이다. 부처님께 올릴 밥을 짓는 곳이며, 동시에 부처님께 올렸던 떡, 과일, 쌀을 내려서 모두 함께 차별 없이 한 끼를 나누는 곳이다. 유일하게 사찰에서 부처님을 위한 공간과 중생의 공간이 구분 없이 함께 사용되며, 부처님에게만 일컫는 공양이라는 말을 모두의 한 끼에도 이름하여 나누는 곳이다.

우리의 삶 속에서 한 끼가 주는 의미가 요즘처럼 다양하게 그려지고 가까이 보인 적이 없는 것 같다. '다 먹고 살자는 일이다'라는 말에는 먹는다는 것에 방점이 찍혔다기보다는 어떻게든 살아야 한다는 뜻에 힘이 실려있는 듯하다. 하지만 요즘의 한 끼는 단순히 살기 위한 수단이 아니라 잠시 휴식을 취하고 행복을 지어낼 수 있는 시간과 공간의 의미라고 본다.

고교 교과서에 실렸던 수필에 '황후의 밥 걸인의 찬'이란 표현이 나온다. 누구라도 이 쪽지를 보는 순간 맨밥에 간장 한 종지 밥상도 황후의 한 끼가 되었을 것이다. 공양간에서 먹는 모든 음식은 오로지 부처의 밥이요, 찬이다. 부처의 한 끼 공양을 똑같이 나누어 먹으며 생각한다. 내가 잠시 잊고 있었지만, 부처의 밥을 먹는 나도 부처라는 것을 부처의 찬을 먹는 지금 이 순간이 행복이라는 것을 말이다.

어머니의 도시락보다 편의점 도시락이 친근한 이 시대의 청춘들에게 부처의 한 끼 공양을 대접하고 싶다. 지금 잠시 잊었던 추억에서 자란 행복의 쌀과, 지금 자신이 디디고 있는 발아래에서 미소 짓는 일상이라는 찬으로 행복의 공양을 지어주고 싶다.

행복 공양간의 셰프인 공양주는 이 책을 쓰고 있는 필자가 아니다. 이 책을 읽는 당신이 공양주이며, 이 공양의 재료는 모두 당신의 텃밭에서 나온 것이다. 행복 공양간에서 지은 공양을 함께 하는 당신이 바로 '행복' 자체이다.

마음의 아름다움과 장엄함을 갖게 해주는 고귀한 그림을 허락해주신 박경귀 원장님과 나 자신조차 흘려버린 내 삶을 한 장의 사진으로 따뜻하게 담아준 하율 님에게 고마움을 전한다.

공양을 마치며　금해 성진

CONTENTS

1

2

3

4

ち

삶이야말로
위대한 모험이다

‘냄비 속 개구리’ 의 이야기를
들을 적마다 떠오르는 생각이 있다.
처음부터 탐욕이 펄펄 끓는 물이거나 얼음장처럼
차가운 것이었다면 쉽게 빠지지 않을 수 있다.
하지만 개구리가 서서히 오르는 물 온도를
알아차리지 못하는 것처럼
탐욕은 옳고 그름의 사고를
좋고 싫음의 감정으로 변화시켜
탐욕의 끓는 온도를 알아차리지 못하게 한다.

내가 지금 무엇을 가장 조심해야 하는지 알고 싶은가?
그렇다면 내가 지금 가장 좋아하는 것이 무엇인지
그리고 익숙한 것이 무엇인지 먼저 돌아봐야 한다.
나에게 가장 해로운 것일수록 좋아함과 익숙함이라는
감정 안에 숨어 있기 때문이다.

2015 훈나

GettyImagesBank ⓒ

어리석은 사람은 자신이

좋아하는 것을 옳다고 생각하려 들지만,

현명한 사람은 바른 것이 좋다고 생각하려 든다.

현명한 사람은 좋아하는 것에 애착을 두지 않고
싫어하는 것을 증오하지 않는다고 한다.
그러므로 자기감정에만 의지해 판단하지
않으려고 노력해야 한다.

전투기 조종사들에게는 자기 감각을 믿지 않고 계기판에 의지해 훈련을 받는 것이 중요한 과정이다. 자기 감각에 의지한 감정이나 생각이 아니라 오로지 계기판만을 신뢰하도록 연습을 한다.

즉 'Vertigo' 라는 '비행착각' 훈련을 말한다.

감각은 실체와 다르게 거짓 정보를 나에게 줄 수 있다. 상공에서 몇 번의 회전 후, 기체가 바다를 향하고 있음에도 감각은 하늘을 향해 날아가고 있는 느낌을 전달해 추락 사고를 일으킬 수 있기 때문이다.

항공기와 달리 삶에는 나의 기분이나 경험을 벗어난 인생 계기판이 설치되어 있지 않다. 설사 있더라도 절체절명의 순간 늘 감정의 생각에 의지해 살아가고 있는 우리는 그 인생 계기판을 믿지 못할 것이다.

살아가면서 잘못된 판단으로 길을 놓쳤을 때 방향을 안내해 줄 인생의 계기판은 무엇일까?

부모가 자식에게 달아줄 인생 계기판은 훌륭한 멘토^{Mentor}, 스승일 것이다. 내 아이에게 부모 말고 인생의 멘토를 만들어 계기판을 달아주는 것은 어떨까. 불교에서는 그러한 인연을 맺은 멘토를 은사^{恩師}라 한다. 은사는 어린 시절부터 인연을 맺어 인생의 조언과 방향을 제시해 주며 때론 부모와 자식의 갈등을 해결해주는 역할을 한다.

어린 시절 나는 청바지를 싫어했다.

청바지를 입은 누나들의 모습도 싫어 맞을 각오를 하고 가위로 잘라버렸던 적이 있다. 지금도 왜 그랬는지 이유는 이유는 모르겠다. 평생 나는 청바지를 입지 않겠다고 결심했고 그럴 줄 알았다. 그런데 앨범 속 고등학생의 나는 청바지를 입고 한껏 뽐내고 있었다.

언제부터 무슨 이유로 싫어했고, 입게 되었는지는 기억에 없다. 싫고 좋음을 정말 '그냥'이라는 이유만으로 설명해 오면서, 때론 그 일을 신념이라 착각도 했다.

참 자가당착^{自家撞着}인 게다.

한국사회는 2002년 전까지 RED, 붉은색에 대한 거부감과 두려움의 관념에 빠져 있었다. 이러한 관념은 전후 50여 년을 지나며 더욱 강고해져 감히 어느 누구도 이런 엄청난 이념의 벽을 쓰러뜨리지 못할 거라 여겨 왔다.

보이지 않는 이런 철옹성의 벽은 2002년 월드컵 축구공 하나에 무너지고 말았다. 대한민국 선수를 응원하는 붉은 색의 티셔츠는 온 나라를 뒤덮으며 붉은색의 관념을 흔적조차 없게 만들어 버렸다.

한낱 축구공 하나에 무너져 내릴 그 관념에 한국사회는 50년간 사로잡혀 있었다.

'고집'이라는 한자어는 굳을 고固, 잡을 집執자이다.

즉 어떤 경험이 제지를 당하지 않은 채 반복되어 생각으로 굳어지고 익숙해져 버리지 못하고 집착하는 것을 말한다. 다시 말해 어느 한날 갑자기 고집이 생겨난 것은 아니다.

다만 그런 과정이 여러 번 반복되었음에도 우린 그것을 알아채지 못한다. 냄비 속 끓어오른 물에 만들어진 100℃ 짝퉁 신념의 다른 이름이 '고집'이다.

이름에
모든 것이 있다

명패는 조선 시대 왕이 고위 관료(3품 이상)를 부를 때 사용하던 붉은 나무패에 명命자를 쓴 것이다. 그래서 지금까지도 높은 분의 책상에는 크고 무거운 명패가 놓여 있다. 요즘 이런 명패와 대비되는 명찰이 있다.

서비스센터에 가면 직접 고객을 만나는 직원들은 자기 이름과 사진이 있는 명찰을 가슴에 달고 있다. 그러나 정작 고객을 우롱하는 잘못된 서비스 정책을 만들고 시행하게 한, 높은 사람들은 명찰을 달지 않는다. 단지 무거운 명패가 책상 위에 있을 뿐이다.

명패를 방패로 착각하여 책임에서
벗어나려는 은닉의 용도로 사용하는
부끄러운 윗사람의 명패 무게는
한숨보다 가벼울 것이다.

결국 고객과 문제가 생기면 명찰을 찬 사람만이 책임
을 지게 되고 명패를 가진 분들은 책임은 고사하고 볼
수조차 없다.

조선 시대에는 고위관료가 잘못을 저질렀을 때 명패
를 보내어 먼저 출석하게 하고 그 책임을 묻는 용도로도
사용하였다고 한다.

명패를 방패로 착각하여 책임에서 벗어나려는 은닉의
용도로 사용하는 윗사람의 부끄러운 명패 무게는 한숨
보다 가벼울 것이다.

큰 절 공양간(음식을 요리하는 주방 또는 식당)에는 대중(절에 머무르고 있는 모든 사람)의 이름이 쓰인 명패가 걸려 있었다. 자기가 공양(식사) 때 절에 있지 않을 경우 반드시 명패를 돌려놓았다고 한다. 왜냐하면 공양주(사찰의 주방장)가 공양미(신도들이 부처님께 올린 쌀)로 밥을 지을 때 단 1인분이라도 낭비하지 않게 하기 위해서였다.

요즘 직원들의 복지를 위해 구내식당을 운영하는 곳이 많다. 정확한 식사 인원을 몰라서 어느 날은 식사 분량이 남아나고 어떤 날은 모자라는 일이 많다고 한다. 식사 분량이 남으면 밥과 반찬을 모두 버릴 때가 문제가 되는 것이다. 어느 지자체에서는 직원들이 소액의 기

부금을 내고 남은 밥과 반찬을 퇴근할 때 집으로 싸 간
다고 한다. 그렇게 모인 기부금으로 어려운 이웃을 돕는
방법을 고안해 낸 것이다.

　과거 절집에서 행했던 것처럼 구내식당이나 단체 식
당을 이용하는 직원들이 이미 정해진 휴가나 월차, 외
근, 출장 여부를 미리 구내식당에 알리는 작은 성의를
보여주면 좋겠다. 그리고 사회적으로 문제가 되는 No-
show(예약하고 취소 연락없이 나타나지 않는 것)의 경우도 전
화 한 통의 배려라는 최소한의 '예의'를 다한다면 낭비
되는 식자재와 음식을 조금이라도 줄일 수 있지 않을까
한다.

문제는 남았을 경우 밥과 반찬을
결국 버리게 되는 일이 생긴다는 것이다.

대만 사찰의 공양간에 가보면

한국 사찰과 다른 의미의 명패가 걸려 있다.

당일 점심이나 저녁 공양을

보시(기부)하신 분의 이름이 걸린다.

집안에 경사가 생겨서 또는 가족의 생일을 맞이해서

때론 돌아가신 부모님을 추억하는 마음으로

그날 절을 찾으신 모든 분들에게

공양供養을 올리는 것이다.

세상의 많은 명패 중

참으로 따뜻한 명패가 아닐까 싶다.

사찰의 법당에 들어가면 작은 전구 아래
이름표를 붙인 것이 놓여 있다
인등引燈이라고 부른다. 여기에 사용된 한자는
사람 인人자가 아닌 이끌 인引자를 쓴다.
빛은 어둠을 밝히는 유일한 방법이다.
그 빛으로 사랑하는 사람을 환하게 밝혀준다.
등대처럼 밝은 지혜의 길로 이끌어 주기를
바라는 마음으로 이름표를 붙이는 것이다.

질문,
곧 깨달음으로 가는 길

불교의 경전은 부처님과 제자가
주고받은 대화로 구성됐다.
제자의 질문에 부처님이 답을 건넨다.
사실상 경전의 성립은 제자가 없었다면
전승되지 못했을 것이다.
그래서 경전의 주인공은 제자이고,
부처님은 조연의 역할로 봐도 괜찮다.

다툼이 생겼을 때 먼저 대화로 풀어 본 적이 있는가?

그러기 위해서는 '질문'에 칼을 넣지 않아야 한다. 상대에게 이기려고 하는 마음으로 던지는 말은 창끝과 같아 상대를 찌른다.

'대화'는 싸움의 기술이 아니다 서로를 이해할 수 있는 가장 아름다운 배려이다.

대화는 알게 해 주는 것이 아니고 듣는 사람이 스스로 알아 갈 수 있도록 길을 열어주는 것이다.

선문답禪問答이라는 것이 있다. 개犬에 불성佛性이 있느냐? 이 질문을 던지면 어느 날에는 '있다' 다음 날에는 '없다' 라고 한다. 결국 이것은 정해진 답을 좇아 가게 함이 아니라 질문 그 자체를 통해 질문을 하라는 것이다.

내 마음의 '불성佛性(깨달음의 성품)'을 볼 수 있도록 말이다. 최고의 질문은 듣는 자 스스로 끝없는 '질문'을 할 수 있도록 하는 것이다.

가르치려고 하는 대화만큼 상대의 마음을 닫히게 하
는 것이 없다.

불교 경전인 '금강경'에 부처님은 당신의 가르침은
가르침이 아니고, 당신은 가르친 적이 없다고 하는 부분
이 나온다. 금강경에서는 세상의 진리란 누구의 소유물
이 아니기에 내 것을 알려 준다는 교만함을 가질 수 없

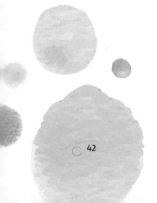

다고 말한다. 단지 지금 나를 통해 전달되고 있음을 말한다. 다시 듣는 자가 그것을 통해 깨우친다면 이미 배우는 자는 없고 깨달은 자만 있으니 누가 누굴 가르쳤다고 말을 할 텐가.

대화에 겸손함을 잃어버린다면 그것은 통보나 강의가 되어 버린다.

질문을 하지 못하는 분위기가 만들어지면
윗사람은 좋아한다.
마치 자신이 하는 말이 다 옳아서 아랫사람들이
반문하지 않는다고 여기게 만들기 때문이다.
그리고 나서 윗사람은 자기말이 맞는지를
아무런 관계가 없는 사람에게 물어본다.

윗사람들이 비선과의 대화에
집중하는 이유가 여기에 있다.
부처님이 당신의 말씀에 제자의 질문을
허용하지 않았다면 2,500여 년의 시간 속에
불교의 명맥은 사라졌을지도 모른다.
질문하지 못하는 사회,
질문을 못하게 만드는 사회는
죽은 사회이다.

불교의 명상 중 화두선話頭禪이 있다. 화두는 말語의 머리라는 뜻으로 언어적 의미보다는 '의심'을 뜻한다.

'나라는 존재가 어디서 왔으며 어디로 가는 것인가'

이같은 존재의 근본 물음을 상징적 언어로 삼아 명상 수행을 한다.

'이 뭣고?'

이 질문의 대상은 타인이 아닌 바로 자신이다. 자신을 향한 이 질문에 답하는 진리를 찾아가는 과정이 최고의 수행인 셈이다. 물음, 질문은 바로 사회적 진실뿐만 아니라 세상의 진리를 깨우치는 최상의 길이다.

단 하나의 괴로움도
헛되지 않으며

'FOMO' 라는 영어 신조어를 들은 적이 있다.

Fear Of Missing Out : FOMO.

어떠한 사교 모임이나 SNS상에서

댓글을 달거나 '좋아요' 를 누르지 않으면

자신의 존재가 사람에게 잊히거나

좋은 기회가 사라질 것 같은 두려움을

나타내는 신조어이다.

불교 수행에 안거^{安居}의 기간이 있다.
1년 중 여름, 겨울에 3개월씩 세상과의 관계를
잠시 접고 오로지 자신과 마주하는
시간을 갖게 하는 수행의 기간이다.
그런데 여기에 한자로 편안할 안^安 자를 쓴다.
자신과 마주하는 혼자만의 시간을 두려워하지 않고
편안히 자신과 마주할 수 있는 수행을 거치면
진정한 자신의 주인공이 될 수 있기 때문이다.
지금은 디지털과 SNS로부터
'FOMO 안거'의 시간이 필요한 시대이다.

당신의 가장 큰 위험은
아무것도 하지 않는 것이다

'달에서 방아 찧는 토끼'는 우리 삶의 동화로 남아 있다. '자타카'라는 부처님 전생 이야기를 담은 경전에 토끼가 달의 주인공이 되는 인연 이야기이다.

원숭이와 수달과 토끼는 굶어서 죽음을 눈앞에 둔 수행자를 위해 먹을 것을 가져다 준다. 원숭이와 수달은 과일과 물고기를 주었지만 초식동물인 토끼는 사람이 먹지 못하는 풀을 줄 수가 없어 자기 몸을 바쳐 고기를 내어주려 했다. 그때, 그 희생에 감동한 하늘이 토끼를 달의 주인공으로 만든다.

보름이 되면 달 속의 토끼는 세상을 향해 환하게 웃음을 던지며 빛을 밝혀 준다는 전설이다.

석가모니 부처님 당시부터 지금까지 사찰에서는 모든 사람들이 함께 모여 자신의 삶을 돌아보는 포살^{布薩}이라는 의식을 보름날에 맞추어 치른다.

보름날 포살을 하게 한 이유는 모든 사람들이 부처님의 전생인 토끼의 보살행^{菩薩行}을 비추어 자신의 삶을 돌아보라는 뜻이 포함되어 있다.

●

　자신을 희생하여 달의 주인공이 된 토끼의 이야기에
서, 토끼가 모닥불에 뛰어들기 전에 자신의 몸을 세차게
터는 장면이 있다.

　이것은 혹 자신의 몸에 붙어 있는 작은 벌레들이 희
생될까 염려해서였다고 한다. 진정 하늘은 토끼의 희생
뿐만 아니라 자신에 의지해 함께 살고 있는 작은 생명에
대한 토끼의 배려와 자비심에 감동한 것이 아닌가 한다.

그래서 큰 사업이나 정책의 명분이 아무리 커도 그 속에서 자칫 간과되거나 희생될 수 있는 소수에 대한 배려와 사회적 자비심이 없다면, 차별하지 않고 어두운 밤을 밝히는 보름달처럼 세상을 이롭게 하는 진정한 큰일은 이루지 못할 것이다.

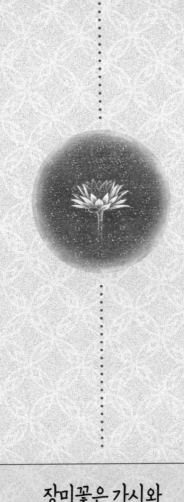

장미꽃은 가시와
가시 사이에서 피어난다

불교에서 견지망월見指忘月이라는 사자성어가 있다.
달을 가리키면 달을 보지 않고
가리키는 손가락만 본다는 것이다.
진실을 알려줘도 진실 자체를 보지 못하고
과정이나 수단에 집착하는
어리석음을 비유한 것이다.

근래의 안타까운 현실은 권력자들이
자신의 허물이 드러날 때마다 대중의 시선을
손가락만 보게 하기 위해 조직적으로
SNS나 언론을 이용했다는 것이다.

집에서 기르는 반려견에게 손가락으로 가리켜 무엇을 보게 한다면 반려견은 과연 어디를 볼까?

그저 그 손가락만 바라보지 가리키는 방향으로 눈을 돌리지 않는다. 왜냐면 가리키는 손으로 먹이를 주었기에 그 손에만 집착하는 것이다.

권력의 잘못된 실체가 쉽게 드러나지 못하는 이유 또한 이권을 던져주는 권력의 손가락만을 보기 때문이 아닌가 한다.

'별주부전'에서 토끼는 거북이와 용왕을 속이고 바닷속 용궁에서 탈출하여 목숨을 건진다. 거북이는 토끼의 간을 얻고자 하는 욕망에 사로잡혀 육지에 오르면 자신보다 빠른 토끼를 잡을 수 없다는 사실을 잊어버렸다. 간을 찾기 위해 육지로 올라가야 한다는 토끼의 유혹의 손가락에 집착한 거북이는 결국 토끼를 놓쳤다.

지금 자기가 하는 일을 왜 하고 있으며 그 결과가 자신이 진정 가고자 하는 길이 맞는지 다시 돌아볼 필요가 있다. 그렇지 않으면 달을 보지 못할 것이다.

우리 모두에겐
이미 지도가 있다

불교^{佛教}에서는 존재하는 모든 것에
진정한 행복이 있음을 알게 해주는
깨달음의 길이 있다고 말한다.
그리고 그 길을 찾을 수 있는 무한 성능의
내장형 내비게이션을 가지고 있음을 역설한다.
인간은 특히 그 내비게이션을
제대로 작동시킬 지혜를 가지고 있다.
단지 탐욕과 분노로 채워진 삶 속에서
내 안의 내비게이션을 잊어버린 채
작동시키지 못하고 있을 뿐이다.

아무리 성능 좋은 내비게이션도 목적지를 입력하지 않으면 길을 안내해 줄 수 없다. 자신의 삶에서 추구하려고 하는 목표를 정해두지 않으면 길을 찾을 수 없다. 이정표는 가고자 하는 곳이 있는 자에게만 안내판이 되어준다.

내비게이션도 현재 위치를 알아야 길을 안내한다.

무슨 일에서든 자신이 현재 어디에 있고 왜 거기 있는지 알아내지 못하면 길은 잃어버린 것이요, 목적지는 사라진 것임을 알아차려야 한다.

내비게이션은 길을 찾기 위해서
최소한 4개의 위성을 이용한다.
3개는 거리, 1개는 시간을 보정하기 위해서다.
지금 4명 이상의 진실한 대화 상대가 없다면,
자신은 지도상에서 현 위치가 표시되지 않는,
잃어버렸다는 신호임을 깨달아야 한다.

나의 위치, 상대의 위치 그리고
나와 상대의 거리를 정확히 측량하기 위해
제3의 점을 이용하는 삼각측량법이 있다.
인간관계에서 충돌과 갈등을 피하고 적당한 거리를
유지하고 싶다면 반드시 제3의 포인트가 있어야 한다.
그래서 직접적 이해관계가 없는 제3자의 의견과
조언에 항상 귀를 기울이고 점검받아야 한다.

우리네 삶은
우리가 노력한 만큼 가치가 있다

처음도 좋고, 중간도 좋고,
끝도 좋은 것을 꿀에 비유한 말이 있다.
이 말의 뜻은 처음 시작하는 의도가 좋아도
과정이 좋지 못하면 진짜 꿀이 아니고,
시작의 의도가 아무리 순수했다 할지라도
결과가 좋지 못하면 가짜 꿀이 된다는 것이다.

　안수정등^{岸樹井藤}이라는 이야기가 있다. 안수는 절벽 난간에 있는 나무를 말하며, 정등은 우물의 등나무 덩굴을 일컫는다.

　어떤 사람이 들녘의 거센 불길을 피해 절벽에 세워진 나무와 연결된 등나무 줄기를 잡고 절벽을 내려가려고 보니 아래에 우물이 있다. 그 우물 안에 독사가 혀를 날름거리고 있어서 내려가지도 올라가지도 못하는 곤란한 지경에 빠진 상황이다. 더구나 매달린 등나무 덩굴을 검은 쥐, 흰 쥐가 갉아 먹고 있다. 곧 덩굴이 끊어질 절체

절벽에 서 있는 나무덩굴에 매달린 나,
떨어지면 바로 우물, 우물 안에는 독사들!
어쩌나! 덩굴에 매달린 채 벌집에서
떨어지는 꿀을 받아마시다니~

절명의 순간이다.

그런데 덩굴에 매달린 사람은 이런 위태로운 지경을 까마득히 잊고 나무에 매달린 채 벌집에서 떨어지는 꿀을 받아마시며 웃고 있다.

한 치 앞도 보지 못하는 우리네 삶의 어리석음을 그대로 보여준다. 우리가 사는 현실도 이와 별반 다르지 않다. 당장 내 혀에 느껴지는 사리사욕의 꿀맛에 취해 양심을 저버리고 부정과 비리를 저지르고 훗날 감옥에서 원망하는 사람들을 쉽게 볼 수 있기 때문이다.

부산에 사는 조카가
"꿀이다!"라는 표현을 자주 한다.
나도 종종 그 말을 듣는다.
예상보다 좋은 일이나 상황이 될 때
쓰는 말이다. 그런데 '꿀'은 성실함의
상징인 벌들이 하나하나 모은 결과물이다.
벌들이 힘껏 마련한 꿀이라는 결과물이
인간의 입장에서는 단지,
'재수'에 불과할지도 모른다.
그러나 꿀을 모으려고 저멀리 10km이상을 비행하는
꿀벌들의 노고를 생각한다면 요행이나
재수와 같은 표현으로 사용하기에는
미안해해야 하지 않을까 한다.

사탕수수에서도 꿀과 같은 청淸을 얻는다.

'백유경' 이라는 불교 경전에,

사탕수수 청淸의 단맛을 더 많이 얻기 위해 사탕수수 뿌리에 직접 그 청을 부어 자라게 하려다 모두 썩어서 하나도 얻지 못한 어리석은 자의 이야기가 나온다.

이런 부류의 사람들이 권력과 힘으로 자신과 측근의 이익만을 위해 국민을 속이고 국민의 세금을 축나게 만들어 놓았다. 그러나 자신들은 국가와 국민을 위해 큰 복을 지었다 하여 존경과 덕이 돌아오기를 기다린다.

이것은 '안수정등' 이야기 속에 나오는 어리석은 사람과 같이 결국 모든 것을 잃어버리게 된다는 것을 알았으면 한다.

우^遇와 연^緣

우연^{偶然}은 인연^{因緣}의 반대말이 아니다.
그것은 '인연'의 또 다른 이름일 뿐이다.

인연^{因緣}의 연^緣과 우연^{偶然}의 우^偶,
모두가 '만남'의 뜻을 가지고 있다.

우연^{偶然}이든 필연^{必然}이든
만나는 순간까지 의미일 뿐,
그 후의 연^緣은 새로이
만들어가는 것이다.

모든 연緣은 우연偶然이라는
이름으로 시작되기에
악연惡緣이라고 피하지 못하고
선연善緣이라고 붙잡지 못한다.

나로부터 시작되는
유연한 중심

중심中心의 기준은 무엇인가?
단순히 시소seesaw의 한가운데를
중심이라 말할 수 있을까.
무거운 것과 가벼운 것의 중심은
한가운데가 아니다.
무거운 쪽으로 더욱 가까이 위치해야
평형을 맞출 수 있다.

두 사람 사이에 중심을 잃지 않는 것은
두 사람의 비위를 맞추는 것이 아니라
두 사람이 옳지 않으면 모두를
비판할 수 있는 자세이다.

자기중심^{中心}을 지킨다는 것은

자신이 지금 무엇을 위해?
그리고 왜?
어떻게 살아가려고 하는지?

마치 매달린 추가 항상 중력 방향으로 향하듯이
뚜렷한 자신의 견해와 철학을
잃어버리지 않음을 말한다.

세계지도에서 중심中心 대륙은 정해진 것이 없다.
단지 세계의 시간을 잉글랜드 그리니치 천문대를
기준으로 하는 것일 뿐이다.
세계지도의 중심대륙中心·大陸은
그 지도를 만드는 나라가 있는 대륙이다.

내 삶의 중요한 것에
집중하겠어

스트레스가 가장 클 때는
행동과 마음의 간격이
가장 클 때이다.

행동과 마음이 따로 움직이는 틈새가
크게 벌어진다면 일치시키도록 노력해야 한다.
행동은 지금이라는 시간을 대표한다.
마음이 행동과 함께 하지 못하면
마음이 지금에 있지 못하고,
미래나 과거 속에서 두려움과 막연함,
후회 속에 헤매고 있음을 알아야 한다.

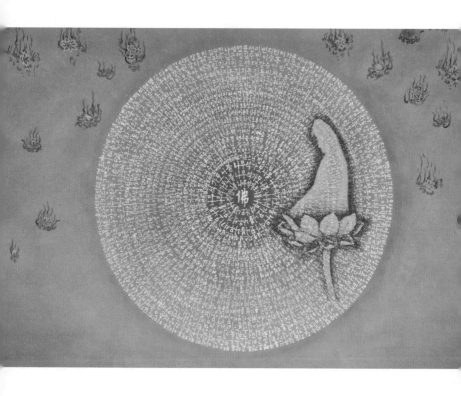

마음이
지금, 여기에
머물지 못하면
행동은 과거의
습관에 의지해 움직인다.
다시 예전의 실수를
반복하는 것이다.

어린 시절부터
거부의 뜻을 명확히 하고
행동하는 최소한의
용기와 철학을
어른에게 배워야 한다.
하고 싶은 것을 하는 것보다
어른이 되었을 때
마음에서 원하지 않는
행동을 하지 않는 용기가
더 절실하기 때문이다.

행동과 마음을 일치시키는 방법 중에
최고의 방법은 참선^{參禪}이다.
명상이라는 이름의 참선은
현재 시점에서만 가능한 호흡을 통해
지금이라는 시제에 마음을
집중하게 해주는 인류 최고의 발명품이다.

오케스트라 지휘자는
정작 자기는 아무 소리를 내지 않는다

해인사, 송광사, 백양사와 같은 큰 사찰의 최고 어른을 방장^{方丈}이라 표현한다. 방장의 뜻은 1평(3.3㎡) 남짓의 방이라는 말이다. 이 말의 유래는 부처님의 제자 중 유마거사가 병문안을 온 3만 2천 명의 사람들을 자신의 자그마한 1평 방안에 모두 앉혔다는 데에서 전해진다.

유마거사가 소박한 삶 속에서도 수행을 통해 사람들을 내 편, 네 편으로 분별하거나 편견으로 차별하지 않고 모두를 포용하는 큰 자비심을 베풀었다는 데에서 나온 것이다. 큰 사찰의 최고 어른에게 방장^{方丈}이라는 1평 방의 이름으로 부르게 된 것도 이런 역설적 의미가 있는 것이다.

절 안에는 주지^{住持}와 한주^{閑住}라는 소임(직책)이 있다.

주지는 사회의 CEO와 같은 역할이다. 그래서 절에 머무르는 의무가 사찰과 대중을 보호하고 사찰을 발전시키는 일이므로 책임도 크고 일도 많다. 그런데 한주^{閑住}라는 소임은 절에서 지내며 머물러 쉴 수 있는 유일한 직책이다.

한주에게는 특정한 임무가 없다. 소임이 없으니 업무적으로 주지와 부딪힐 일이 없지만 희한하게 주지에게

꼭 필요한 사람이 한주^{閒住}이다. 또 한주의 직책을 내릴 때는 성품이 원만하고 연륜이 깊은 스님을 추대한다. 그래야 대중들이 편안하게 받아들이기 때문이다. 주지가 사찰을 돌보면서 유일하게 마음 편히 대화할 수 있는 상대인 동시에 조언을 얻을 대상이 바로 한주이기 때문이다. 쉽게 뜨거워질 수 있는 주지 곁에 늘 거하면서 선선한 한주 소임을 둔 것은 옛 스님들의 탁월한 경영 방침이 아닌가 한다.

용상방龍象榜이라는 것이 있다. 사찰에서 누가 무슨 직책을 맡고 있는지를 표시하는 일종의 조직 안내판이다. 여기에는 제일 먼저 사찰의 최고 어른 직책인 방장方丈이나 조실祖室을 먼저 쓰고 차례로 다음 소임을 쓴다.

그런데 특이한 점은 주지住持, 일명 사찰의 CEO가 용상방龍象榜 제일 마지막에 오른다는 것이다. 회사 조직도에 비교하자면 평사원 아래에 CEO의 이름표가 있는 것이다.

현실적 힘이 있을수록 스스로가 누구를 위해 책임을 다해야 하는지 늘 알 수 있도록 하기 위함이다.

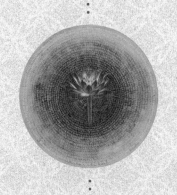

소확행^{小確幸} 과 무소유^{無所有}
그리고 욜로^{YOLO}

일본 작가 무라카미 하루키의 소설에 '소확행'이란 말이 나온다. 작지만 확실한 행복을 말한다.

일상에서 작지만 진정한 행복을 알아가고 찾아내는 일이 요즘 코드에 맞는다.

거대한 행복을 추구하는 것이 아닌 작은 행복에서 기쁨을 찾는 이들이 늘어가면서, 일상의 소소함에서 행복감을 찾으려는 이 시대 젊은이들의 삶의 자세가 드러난다.

기성세대는 조물주 위에 건물주라는 웃지 못할 이야기의 사회를 만들었다. 그리고 사회초년생의 정상적인 수입으로는 감히 엄두도 못 낼 만큼 집값을 천정부지로 올려놨다.

정작 기성세대 본인들은 그 돈으로 자식을 유학 보내느라 집을 머리에 이고 살았다.

　　젊은이들은 그런 부모님을 보고 살면서 캥거루족이라는 누명까지 썼다.

　　그 누명을 벗기도 전에 이제 흙수저라도 손에 꼭 쥐고 한 평 조금 넘는 고시원에 산다. 뉘엿뉘엿 해가 지면 슬리퍼를 신고 나와 동네 빵집을 찾아 한 줌 빵을 입에 넣으며 행복의 느낌을 채우려 한다.

　　이 서글픈 청춘들에게 행여 정신력을 논하거나, "소년들이여, 야망을 가져라!"(boys be ambitious)라는 외침을 부디 멈춰달라고 기성세대들에게 간절히 바란다.

요즘의 젊은이들이 테이블 세 개가 전부인
동네 작은 음식점에서도 행복감을 찾아나서는 삶
그것은 급속한 한국의 산업화가
우리의 작은 기쁨마저
백화점 쇼핑백 안에만 있는 것처럼
취하게 한 삶에서 깨어나려는
작은 몸부림의 시작인 것이다.

무소유無所有라는 삶의 태도는 법정 스님의 책을 통해 유명해졌다.

이 세상 모든 것은 영원히 소유할 수 없으며, 소유하고자 하는 자신마저도 영원할 수 없다는 법정 스님의 무소유의 철학. 법정 스님은 일상의 삶을 살아가는 사람들에게 불필요한 것을 갖지 않고 비워내는 행복감을 무소유의 삶으로 대변했다.

그렇다면 무소유의 삶을 동경하며 이야기하던 시간과, 지금 소확행을 말하는 시간의 차이는 무엇일까? 의미는 크게 다르지 않다고 본다. 소확행을 말하는 지금 청춘들의 시간이 어쩌면 무소유의 본질적 의미에 다가가고 있는지도 모른다.

무엇이라도 가질 수 있었던 아니, 덜어내려는 홀가분
함이라도 얻을 수 있었던 시간에 비해 지금의 젊은이들
이 누릴 수 있는 것은 아주 적을 뿐이다.

　그리고 이미 내 손에 쥐어진 수저에 따라 시간이 지
나도 쉬이 얻지 못하는 것이 있음도 안다. 하지만 '금수
저'를 가진 누군가를 부러워만 하기에 그들의 아픈 청춘
또한 너무나 소중하다.

　그래서 그들은 지금 바로 자신과 함께 하고 있으며,
할 수 있는 것에서부터 행복을 찾아가려 한다. 이것이
바로 이 시대 청춘의 무소유인 소확행인 것이다.

'욜로'(YOLO : You only live once!)

"너의 인생은 한 번뿐이야!"

"내 인생 내가 주인공이야. 하고 싶은 건 해야지."

"오늘, 지금, 여기가 얼마나 중요한데!"

모두 욜로의 삶을 사는 테마다.

예전에 '인생은 한방'이라 외쳤던 대책 없음과는 다른 무게감으로 욜로의 삶은 다가온다.

'지금 자신의 모습이 행복한지 불행한지?'

과감하게 자신을 향해 이런 질문을 던진다.

그리고 지금 무엇이 자신에게 필요한지를 알려 한다.

'지금 자신의 모습이 행복한지 불행한지?'라는 질문 자체가 사치였던 시대도 있었다. 먹고 살기 바쁜데 행복 타령이라고 말이다.

하지만 자신에게 집중하고 솔직해지며, 자기가 하고자 하는 일의 목적과 삶의 궁극적 해답을 하나씩 풀어가려는 이 시대의 외침을 자기 소비라는 단순한 측면으로 몰아가서는 안된다.

'욜로'의 삶을 동경하는 그들은, 가족을 위해 자신을 희생하며 일하느라 정작 가족과는 멀어져 버린 삶을 살아온 부모세대의 아들, 딸들이다.

내일을 두려워하고 불안해하는 마음을 다스리는데 먼저 할 일이란, 지금 내가 할 수 있는 것 중에서 자기 위로가 되고 자기 충만감을 가져다주는 일을 하는 것이다.

자신의 어깨를 자신의 손으로 쓰다듬으며 부르는 노래 '욜로'. 그것을 어찌 가벼운 삶의 'MOTTO'라 할 수 있을 것인가.

불교의 자리이타^{自利利他}라는 말에 담긴 여러 뜻 중에서 나를 위함과 타인의 위함이 다르지 않아야 한다는 것이 있다.

이것은 자신이 행복하지 않으면서 누군가를 위한다는 것은 결국 모두가 불행한 삶이 된다는 말이다.

빈 상자 위에는 누구도 앉히지 못한다. 상자를 가득 채워 튼튼하게 만든 다음 앉혀야 한다. 의자가 비록 앉음을 목적으로 모양을 만들지만 튼튼하지 않으면 결국 무너지고 앉았던 사람도 쓰러지게 된다.

이 시대를 살아가는 청춘들은 웃고 있는 분장 속에 울고 있는 삐에로가 되지 않길 바란다. 비록 소박할지라도 자신이 진정 즐거울 수 있는 무대에 오르는 인생 배우가 되기를 간절히 바란다.

미움도
사랑해!

'미운 놈 떡 하나 더 주기'
이는 고전적으로 증명된 '미워하기' 방법이다.
계속 이런 식으로 미워하다 보면
미움받는 사람도, 미워하는 사람도
어느 순간 자신도 모르게
서로에게 좋은 감정이 생겨나는 부작용(?)을
동반하는 착한 '미워하기 처방'이다.

남을 미워하며 늘 시름에
잠겨있는 사람이 있었다.
어떻게 해야 더 미워할 수 있는지를
찾지 못해 고민에 빠진 것이다.
그 사람에게 누군가 방법을 일러주었다.
세상에서 누군가를
더 미워할 수 있는 주문이 있다.
하지만 이 주문은 치명적이어서
먼저 주문을 외우는 사람이
꼭 지킬 수칙이 있다고 한다.
그것은 자기 마음에서는 절대로
미워하는 감정이 없는 상태에서
이 주문을 외워야 한다는 것이다.

위산胃酸은 자기 위를 녹이지 못하지만,
'미워하는 마음'은 자기 마음을 다치게 할 수 있다.

미워하는 사람을
좋아해 본 적보다
좋아하는 사람을
미워해 본 적이 훨씬 많다.

좌우간 어떤 상처가
즉시 완치되는가?

'자신의 몸을 상처처럼 생각하라!'
부처님의 말씀이다.
몸에 난 '상처'를 좋아할 수 없지만
잘 치료해서 더 큰 병이 생기지 않도록
더 보호해야 한다.
'상처'의 치료를 위해 붕대를 감고
약을 바른다고 해서 상처에
집착한다고 말하지 않는다.
몸을 집착의 대상이 아니라 치유하고
보호해야 할 대상으로 생각하라는 뜻이다.

성형을 하더라도…

마치 '다친 상처' 자체를 좋아하고

집착하지 않듯이 자신의 몸을 잘 치유하고

보호하려는 마음의 선택에서 했으면 한다.

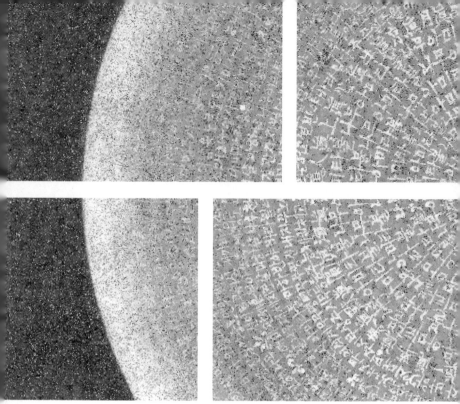

누군가에게 용서를 구할 땐 상처 난 손을 잡듯이 해야
한다. 자신이 용서를 청할 마음이 생겼다고 해서 상대가
받아 줄 준비가 된 것은 아니기 때문이다.

상대의 손에 아직 상처가 아물지 않았는데 그 손을 잡

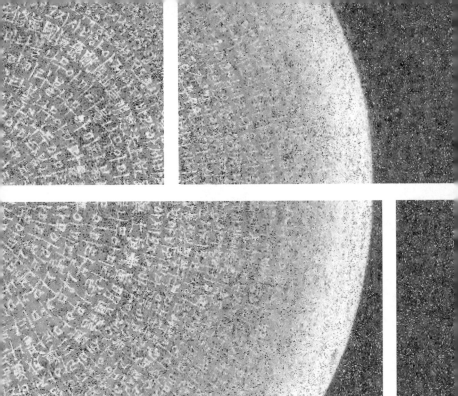

으면 놀라서 뒤로 뺄 것이다.

상대를 배려하지 않고 자기 위주로 용서를 구하려다 상대가 받아 주지 않거나 피한다면 오히려 화를 내게 되는 어리석은 마음이 생길 것이다.

상처는 지금 아프지만 지워질 수 있고,
흉터는 지금 아프지 않지만 지워지지 않는다.
'이별'은 상처의 아픔으로 눈물 흘려서 잊어야 한다.
'이별'을 흉터가 되도록 남겨둔다면
자신은 아프지 않지만 지금 '흉터'를
보고 있는 상대를 아프게 할 수 있다.

나는 내가
특별한 존재임을 믿는다

신념信念이란 준비한 사람의
의지와 목표를 부르는 말이다.
준비 안 된 사람의 굳센 의지와
흔들리지 않는 목표는
그저 고집固執일 뿐이다.

신념은 그 자체가 깨끗함을 근본으로 한다.
바르지 못한 믿음을 신념이라 부르면 안 된다.

신념은 망설이지 않고 나온다.
모두가 두려움과 혼란에 빠져 있을 때
길을 잘 아는 사람이 먼저 걸어 나와 헤쳐나간다.
이렇듯 신념은 가장 먼저 당당히 나설 수 있는 것을
바탕으로 한다.

겨울을 겨울답게
만드는 눈雪

산에 눈이 많이 내리면 길을 잃어버리기 쉽다. 1m 이
상의 눈이 쌓이면 큰 나무들만 보인다. 길이 아니어서
무성했던 나무 사이의 작은 풀숲은 모두 눈에 덮인다.
그 순간부터 모든 나무와 나무 사이는 마치 걸어갈 수

있을 것처럼 보이는 평평한 길이 만들어진다.

눈이 쌓여 길이 사라진 것이 아니고 모든 산등성이가
다 길이 되기 때문에 어디로 가야 할지 모른다.

얼음과 눈은 태양의 따뜻한 온기를
받으면 스스로 녹아 물이 된다.
사람의 마음을 녹이는 건 온기이다.
상처받은 상대의 마음을 녹이는 것 또한 온기이다.
잘못을 저지른 자신이 태산이 무너지듯
'부끄러운 마음'을 일으켜 반성과 참회로
머리를 숙일 때 온기가 나오는 법이다.

눈사람은 눈밭을 굴러야 만들 수 있다. 눈밭을 구르지 않고서는 눈을 뭉칠 수도 없기 때문이다.

내가 지금 하는 일이 과연 나에게 맞는지, 잘 할 수 있는지 아는 길은 직접 그 일을 해보는 것이다. 마찬가지로 눈밭을 구를 기회조차 주지 않고 그 사람의 능력을 평가할 수는 없다. 몇 장의 서류만으로 그 사람의 능력을 예상하기 이전에 적어도 공평한 기회라도 주어졌으면 한다.

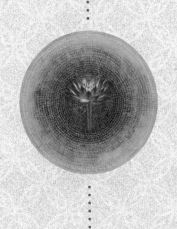

삭발 ^{削髮}

'중이 제 머리를 못 깎는다.'는
속담에는 두 가지 깊은 뜻이 있다.
첫째는, 제아무리 뛰어난 사람도
스승 없이 성장할 수 없음을 뜻한다.
둘째는, 삭발할 때 사용했던 삭도削刀는
칼날이 크고 날카로워 혼자 다룰 수 없고
반드시 누군가가 도와 주어야 한다.
이처럼 공부는 혼자 하는 것이 아니고
도움을 주고받으며
함께해야 한다는 것을 의미한다.

요즘은 면도기가 발달해서
스님들은 혼자 삭발한다.
하지만 여러 스님이 함께
정진하는 처소에서는
꼭 서로가 해주도록 한다.
싫든 좋든 껄끄러운 사이라도
서로에게 자신의 머리를
맡겨야 하는 순간이 온다.
서로 머리를 깎아주는 판에
어찌 크게 미워할 수 있겠는가?

"잘못 깎았습니다!"

다른 스님의 머리를 삭발을 한 뒤 어른 스님이건 아래 스님이건 합장하며 꼭 이 말을 한다. 아무리 정성스럽게 삭발을 했더라도 이 말을 한다.

나에게 당신의 가장 소중한 머리를 맡겨 준 것에 대한 감사와, 상대에게 도움을 줄 때도 겸손함과 조심함을 잃지 않게 하려는 뜻에서 이 말을 한다.

이것이 함께 공부하는 사람의 자세임을 일깨워주는 말이다.

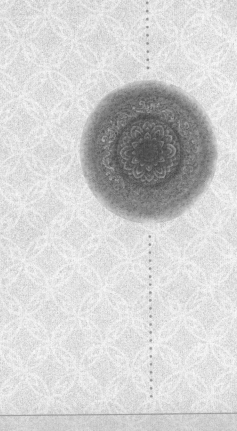

내 생애 가장 행복한 만남
- 은사 恩師

"수장首將은 사람들을 모두 자신이 원하는 어느 한 방향을 보도록 강요해선 안 되지. 얼굴도 제각기 다르듯이 사람의 마음도 모두 다르네. 진정한 리더란 이런 사람들을 각자 자기가 보고 싶은 것을 보도록 한 품에 안아 함께 살아가게 하는 거지."

신도와 의견이 맞지 않아 주지 노릇을 후회하는 자존심
강한 젊은 주지인 나에게 은사 스님이 해주신 말씀이다.

일흔이 넘으신 선원의 최고 어른 스님께서 새벽 정진이 끝나고 모든 스님이 모인 자리에서 대중을 향해 큰절로 참회하시는 것을 본 적이 있다.

당신의 몸이 편찮아서 정진시간에 한 시간 지각한 데 책임을 느끼시고 이런 참회의 예를 보여준 것이다.

당신이 어른이시기에 아무도 뭐라 하지 못했을 것인데, 자기의 허물을 드러내 스스로 대중에게 참회를 구하는 모습은 용기를 넘은 자비심에서 나온 것일 테다.

누구나 잘못을 저지른다. 하지만 아무나 용서를 구하고 참회하지는 않는다. 그래서 최고 어른 스님의 참회를 구하는 모습은 거룩하다. 자신의 허물을 인정하고 참회하는 데 주저하는 비겁함을 극복해주는 최고 가르침이었다.

리더의 허물을 탓할 수는 없다. 다만 그것을 부인하고 용서를 구하지 않는 리더의 모습이 그 사회를 더욱 병들게 한다.

"이 세상에 거저 크는 나무 없듯이
사람은 손끝에서 자란다."

은사 스님은 당신 말씀을 귀찮아할 때면
제자들에게 항상 말씀해 주셨다.
그 말을 들을 때마다 느껴지는 손길이 있다.
절에 들어온 첫날 직접 삭발해주셨던
당신의 손길이다.

"내 말을 들었고 그 말을 듣고 질문을 한,
네가 누구냐?"

22살의 천둥벌거숭이인 내가
은사 스님을 처음 뵙는 날,
귀가 번쩍 뜨일 정도의 한 말씀을 던지셨다.
당신의 수행 이야기를 들려주시다
나를 출가하게 만든 이 말씀을 던지셨다.
나는 이 질문의 답을 찾고자
일주문을 찾아들어 출가했다.
아직도 그 답을 찾기 위해
내 생애의 언덕을 오르고 있다.

은사 스님을 처음 뵙고
큰 절 삼배를 올리던 날,
나는 지금껏 걸어온 삶의 길을
되돌리기로 마음먹었다.

"그냥, 모두 잘 못 살았다!"

그 후회뿐이었다.
그리고 눈물만 하염없이 흘렸다.
무엇이 바른길인지를 본 순간에
지나온 길이 틀렸음을 안 것이다.
이 감동의 순간에 흘리는 눈물은
이제라도 깨닫게 되었음을
감사하는 눈물이었다.
'후회할 수 있음을 감사하는 눈물' 인 것.

"너희는 대학까지 나와서 장독대 하나 못 드느냐?"

장독대를 청소하는 날이었다. 장독을 들어 자리 정리
를 하다가 잘못하여 장독옹기 귀를 떨구어버렸다.
아무리 세상의 이치를 배우고 학문을 닦은 자라도 사소
한 일상사 하나 제대로 처리하지 못하는 어리석음을 깨우

치게 던진 말씀이다. 결국 은사스님께서 끈으로 고리를
만들어 직접 장독 드는 법을 보여주셨기에 그 방법을 터
득할 수 있었다. 그래서 지금도 귀 떨어진 장독 앞에 서
면 은사스님의 미소가 주변을 감싼다.

"중이 속이 있으면 안 된다. 누가 저 사람 어떻다고 하고, 누가 널 험담했다고 고자질해도 그냥 있거라. 중은 누구든 도움이 필요하면 도와주고, 가르쳐 줄 게 있으면 말해주고 해야지 일반인들처럼 마음에, 속에 담아두거나 비난했다고 절에 못 오게 하고 공부시켜야 하는데 안 시키고 그럼 안 된다. 그래서 중은 속이 있으면 안 되는 거야."

속없이 살려면 늘 자신을 '부끄러워' 할 수 있어야 한다. 스님의 삶을 살펴보면, 다른 사람들보다 자신을 항상 부끄럽게 생각할 기준이 많고 높으셨다.

부끄러움을 아는 마음은 '속'을 비워내는 아름다운 자신의 거울이다.

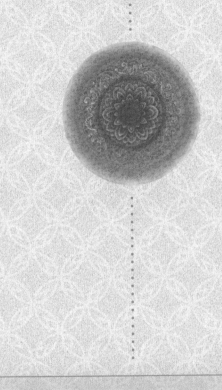

중력重力과 업業,
카르마Karma

자기는 그대로인데
세상이 변했다고 한다.
달리는 버스 의자에 앉아
유리창 너머 보이는
나무와 건물을 지나치는 것은
바로 알아도, 의자에 앉아있는
자신은 항상 그 자리에 있다고
생각하는 것처럼 말이다.
마음이 항상 '나야 나'라는
'생각 중력'에 의지하여
모든 것을 바라보므로
'나는 그대로인데 세상이 변했다.'
착각한다.

마음에는 자기를 중심으로 모든 것을 돌게 하려는 욕
망의 구심력이 있다. 그 구심력이 커지면 커질수록 벗어
나려는 욕망인 원심력도 또한 커진다.

　자기중심으로 당기는 힘을 키우기 위해 더 빨리 돌리
면 반대로 거리는 더욱 멀어지려 한다. 천천히 돌리면

자기중심으로 당기는 힘은 약해지나 거리는 더욱 가까워진다. 누군가와 함께 오래 가까이하고 싶으면 자기중심으로 당기는 힘을 빼야 한다.

업業, Karma는 '의지적 행위'를 말한다.
내가 마음을 일으켜 생각하고 행동한 것이
좋은 결과를 가져오면 선업善業이라 하고,
나쁜 결과를 가져오는 행위이면 악업惡業이다.
그래서 불교에서는 나의 마음과 행동이
선업인지 악업인지를 구분하지 못하는
'어리석음'을 행복을 가로막는
치명적인 '독毒'이라 말한다.

'인터스텔라'라는 영화에서 중력은 시간과 공간을
넘어 영향을 미칠 수 있음을 보여준다.
불교에서 '업業' 'Karma'의 힘 또한
시간과 공간을 초월해 삶에 영향을 미친다.
지금 저지르는 행위의 결과는 당대에 올 수도,
바로 다음 생에 올 수도,
그리고 몇 생 뒤에 올 수도 있다고 말한다.

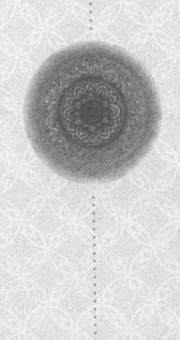

문^聞과 문^門
그리고 무문^{無門}

문^聞, 들어야 바뀐다. 듣지 못하면 알 수 없다.
알 수 없으면 아무것도 할 수가 없다.
자신을 변화시키고자 한다면
먼저 들을 준비를 해야 한다.

법문이 있다. 불교에서 부처님의 가르침을 스님들이 전해주는 강의를 특별히 법문이라 표현한다. 여기서 '문' 이란 한자는 들을 문^聞자가 아니고 문 문^門자이다.

신자들이 스님의 말씀을 듣기 때문에 들을 문^聞을 써도 괜찮을 것인데 굳이 문 문^門자를 썼다.

부처님 말씀을 전해주는 스님은 신자들에게 부처님의 가르침으로 들어갈 수 있도록 닫힌 문을 열어주는 역할만을 하기 때문이다.

열린 문을 향해 들어갈 것인지, 아니면 머물 것인지의 결정과 책임은 듣는 자의 마음이다.

스님이 법문法門 하시기 전에

주장자(긴 지팡이)를

말없이 세 번 내려치고

대중을 돌아본 뒤 시작할 때도 있다.

이런 행위는 오래전부터 내려오는

말言 아닌 말言로써 전하는 특별한 가르침이다.

주장자로 바닥을 치는 소리에

부처님 말씀의 깊은 진리를

함께 담아 전하는 것이다.

말로 전하는 법문에서

가장 심오한 가르침은

말없이 문門을 열어 보이는 것이다.

하기야 문을 여는데

똑! 똑! 똑!

노크Knock 세 번이면 될 수 있지 않은가!

무문관無門關, 자물쇠를 채운 문門 없는 문門이다.

불교 수행 중에 스스로 문을 걸어 잠그고 방을 나오지 않은 채 100일이고 1000일이고 오로지 자신의 마음과 마주하는 수행이 있다.

비록 나갈 수 있는 문은 잠그지만, 마음의 문門은 활짝 여는 수행이다.

SNS나 인터넷을 통해 세상 모두와 연결되어 있지만 정작 자신의 마음과는 소통하지 못하는 이 시대에 '자발적 고립'이라는 이름의 일시적 '무문관無門關'은 마음과의 대화를 열어주는 훌륭한 문이 될 것이다.

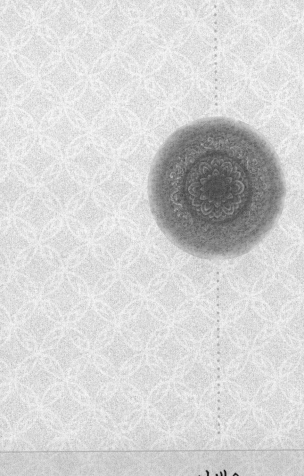

인생은
타이밍^{timing}

자신의 인생에 있어서
굿 타이밍이 언제인지 생각해 보자.
그때 바로 떠오르는 순간이 있다면
그것은 지금도 그 순간의 선택을 유지하며
행복을 만들어가고 있는 중이기 때문이다.

아무리 좋았던 순간일지라도
지금 자신에게 아무 의미가 없다면
그건 최고의 타이밍이 되지 못한다.
비록 로또에 당첨되었더라도
그것으로 인해 지금 자신의 삶이 무너졌다면
그것은 최악의 타이밍이 되어 있을지도 모른다.

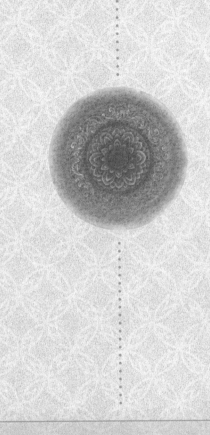

싸움의
대상

귀신이 출몰한다는 소문이 무성한 오두막에서 두 나그네가 문을 잡고 싸운다.

밖에 있는 나그네는 귀신이 뒤쫓아 잡으러 올 것 같아 무서워 집안으로 피신하려 문을 밀고, 안에 있는 나그네는 귀신이 문을 열고 들어온다 생각하여 문을 잡고 버티며 문을 놓고 싸운다.

그 오두막에는 귀신은 없는데, 있다고 생각하여 두려움에 휩싸인 두 나그네만이 서로 문을 잡고 밀며 버티고 있었다는 이야기이다.

부부 싸움을 하는 부부를 보면 마치 이 이야기의 두 나그네처럼 보인다. 보이지 않는 귀신 같은 자존심을 놓고 서로를 밀고 당기며 씨름하고 있으니 말이다.

불교경전 '금강경金剛經'이 있다. 영어로 표현하자면 'The Diamond Sutra'로 세상에서 가장 강도가 강하다는 광물인 다이아몬드에 비유한 이름이다.

인간이 자신에게 집착하여 일으키는 모든 생각이 완강하여 오로지 다이아몬드와 같은 지혜로 제거할 수 있음을 가르쳐주는 경전이다.

불교경전 '금강경金剛經'이 있다.
영어로 표현하자면 'The Diamond Sutra'

보이지 않아서 없애기 어렵고 바뀌면 흔적조차 사라지는 것이 마음이다. 천 년 동안 어둠에 갇혀 있던 동굴도 마치 촛불 하나로 일순간 밝혀지는 것처럼 말이다. 그래서 보이지 않는 것이 가장 단단할 수 있다.

명분^{名分}이라는 것,
자기 스스로가 만들어 놓은 생각이
나중에는 오히려 자신을 얽매이게 하는
족쇄로 변한다.
마치 사람이 거미줄에 걸려
못 가는 모양처럼 말이다.

대구 동화사 영산전에 오래된 벽화가 있다. 두 남자가 저고리를 벗어 나뭇가지에 걸어놓고 씨름하는 자세로 힘을 겨루는 그림이다.

이 벽화 옆에 '시념인時念人'이라는 글자와 벗어놓은 저고리 아래에 적구리適口吏라는 글자가 있다. 씨름하는 사람의 그림에 시시때때로 놓치지 않고 생각하는 의미의 시념인時念人을 써놓았다.

이것은 우리가 이기려 하고 성공하려 하는 일에 있어서 진정한 상대는 자기 자신이며, 시간을 얼마나 효율적으로 사용해야 할지를 상징적으로 전달하는 것이 아닐까 한다.

차이 없는 차이
그리고 공^空

중생衆生과 부처의 차이

번뇌가 있으면 중생, 번뇌가 없으면 부처이다.
본래 중생이라는 존재와 부처라는
존재가 따로 있는 것은 아니다.
중생은 부처와 자신이 다르다고 생각하며,
부처는 중생이 자신과 다르지 않다고 생각할 뿐이다.

걸림돌과 디딤돌의 차이

넘어지면 걸림돌, 딛고 서면 디딤돌이다.
돌에는 그 어떤 의미도 없다.
사람이 걸려 넘어지느냐 딛고 서느냐에 따라
이름이 다르게 붙여질 뿐이다.
그래서 똑같은 상황과 대상을 기회로 여길 것인가?
장애로 겪을 것인가는 자신에게 달려 있다.

내리막과 오르막의 차이

내려가면 내리막, 올라가면 오르막이다.
똑같은 경사를 두고 오르느냐
내려가느냐에 붙여진다.
지금 자신의 삶이 내리막인지 오르막인지는
현재의 위치에서 어느 쪽으로
발을 디디느냐이지 정해진 바는 없다.

지는 해와 뜨는 해의 차이

브라질의 저녁이냐 한국의 아침이냐이다.
브라질과 한국의 시차는 12시간이다.
하나의 태양이 브라질 서쪽 하늘에서
지는 동시에 한국의 동쪽 바다에서는
그 태양이 떠오른다.
떠나는 인연에 너무 슬퍼하지 말자.
내게 온 인연도 누군가와의 헤어짐을
통해 온 것일 수도 있으니 말이다.

중생과 부처, 걸림돌과 디딤돌,
내리막과 오르막 그리고 지는 해와 뜨는 해.
이것을 불교는 '공空'이라 한다.
그 자체에는 어떤 차이도 없는데
인식하는 주체에 따라 다르게 이름 지어진다.
그래서 이러한 성질을 '공성空性'이라고 한다.

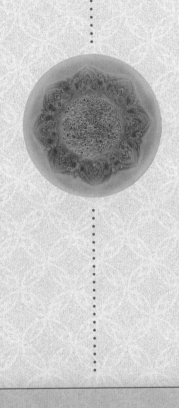

비어있다는 것

주차하기 위해 빈자리를 찾다가 무심코 하는 말들,
'자리가 있다' 또는 '자리가 없다' 고 한다.
'비어있다' 는 것은 지금 그 공간에서
무엇인가 '할 수 있다' 는 것이다.

비우는 것은
다시 채워나가는 과정이지 결론이 아니다.

자애로움은 아무리 가득 채워도
마음에 무게를 더하지 않는다.

마치 태양의 따스함이
온몸을 감싸도 무게가 없듯이 말이다.

증오는 찰나 동안 품어도
그 마음은 어둡고 불길처럼 활활 타오르며,
마치 가장 무거운 돌덩이로 가득
메워진 돌주머니와 같다.

비우기와 채우기는 다른 말이 아니다.
행복하고 좋은 생각으로 마음을 채우는 것이
비우기의 최고의 방법이다.

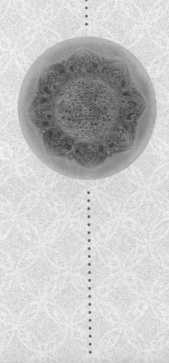

각인^{刻印}

Imprinting

아이가 부모를 각인^{刻印}하는 시점은 태어나서부터가 아니고 모태에 잉태되는 순간부터다.

부모의 말과 행동 그리고 마음이 그 순간부터 아이에게 각인^{imprinting}되어진다.

불교 경전 '육방예경六方禮經'에는 부모가 반드시 지켜야 하는 다섯 가지 의무가 있다. 그중에서 가장 어려운 것이 '부모의 자애로움이 자식의 골수에 새겨지게 하라'는 의무이다.

부모의 자애로움은 가장 당연한 사랑,
가장 아프지 않게 하려는 사랑,
그리고 가장 두려움 없는 사랑이다.
이것을 자식의 마음에 새기게 하는 것은
마치 날 없는 조각칼로 뼈에 새기는 것과 같다.

　자식이 마지막까지 가슴으로 기억해야 할 것이 부모의 자애로움이다. 그것만이 실패와 좌절, 그리고 외로움에서 떨고 있는 자식의 손을 잡아 줄 수 있기 때문이다.

　수많은 세상의 잣대가 자식의 인생과 마음을 재단하려
들 때, 부모의 줄자에는 그 어떤 간격의 눈금도 새겨져
있지 않아야 한다.

알에서 깨어난 새가

처음 보는 것을 각인하여 따르듯이

'염불念佛'은 부처님을 마음에 각인시켜

'죽음'의 순간에 광명의 빛인 부처님을

따를 수 있게 한다.

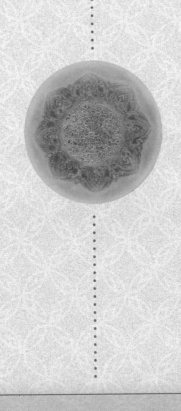

뉘우침을
받아주지 않는 허물

잘못을 저지르는 것만큼 나쁜 일은
진정으로 뉘우치는 것을 용서해 주지 않는 것이다.

뉘우치는 마음을 길러주지 못한다는 것은
거짓말을 키우게 한다는 것임을 알아야 한다.

용서받지 못한 경험은
잘못을 저지르지 않게 하는 것이 아니라
뉘우칠 줄 모르는 삶을 살게 한다.

엎지른 물을 담을 수는 없지만,
참된 뉘우침을 통해
다시 채울 기회를 얻을 수 있다.

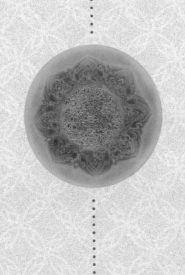

내 손은
약손이다

"내 손은 약손이다, 내 손은 약손이다!"
　배앓이 하는 손자의 배를 밤새 쓰다듬으시며 할머니
가 하신 말씀이다. 여든 해 넘는 동안 거칠어지고 말라
버린 손이지만 이 세상 가장 부드럽고 따스한 손길이다.
그리고 이젠 느낄 수 없는 손길이다.

마주하기에 가슴 시린 손이지만, 들었던 염주를 놓고 꼭 잡아드리고 싶은 손이 있다. 슬픔마저 삼키다 떨고 있는 자식 잃은 어머니의 손이다.

관세음보살은 당신을 부르는 모든 사람에게 응답하여 손 내미는 천 개의 손을 가졌다고 한다. 관세음보살에게 천수千手를 가지게 한 것은 당신에게서 위안과 자비를 받으려는 사람들이 하나씩 하나씩 만들어 드렸기 때문일 것이다.

관세음보살은 당신을 부르는
모든 사람에게 응답하여 손 내미는
천 개의 손을 가졌다고 한다.

세상의 어머니도 자식의 소원에 따라 손이 생겼다면
분명 천수千手를 가졌을 것이다.

서양의 인사는 상대의 손을 잡으면서 한다.
불교에서는 상대의 손을 잡지 않고
자신의 손을 먼저 마주하는 합장合掌 인사를 한다.
이것은 상대를 평등한 하나의 마음으로
존중하겠다는 자세를 먼저 갖추고
인사하기 위함이다.

가만히 두기

혼자 있어도 마음이 고요할 수 있는 사람,
해풍을 일으키지 않고 파도가 일어나지 않게
할 수 있는 사람은 자신을 다스린 사람이다.

"이대로 멈춰라!"

이런 주문을 외울 때가 있다.

그런데 이 주문은 세상을 멈추게 하고

자신은 마음대로 행동하겠다는 것이다.

정작 현실에서 필요한 것은

자신이 단톡방에서 빠져나와도,

SNS에 '좋아요'나 댓글을 남기지 않아도 괜찮을

'흔적 없이 가만히 있기' 주문일지도 모른다.

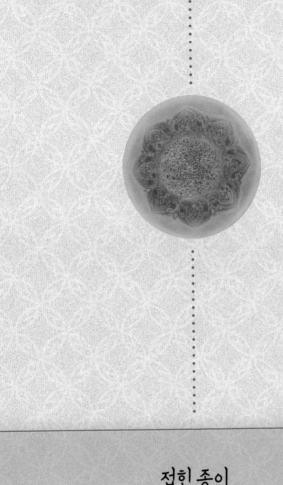

접힌 종이

종이가 접혀있다는 것은
곧 펼쳐져 있었다는 것이다.
그래서 그것은 다시 펼칠 수 있다.
자신을 바꾸어보려고 할 때
먼저 무너뜨려야 할 것은
'나는 원래 그랬었다' 라는 관념이다.

습관은 마치 접어놓은 종이와 같다.

마음 종이에는 어떤 접는 선의 형상이 없다.

그래서 자신이 접으면 접히는 대로 모양을 갖춘다.

습관을 들일 때는 쉽게 접히지만

한 번 접힌 습관을 펼치는 것은

인내와 의지, 그리고 그것을 멈추게하지

않으려는 정진력精進力이 필요하다.

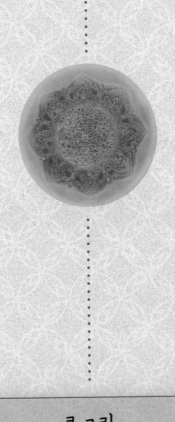

큰 그림,
작은 그림

손톱처럼 작은 것도
눈앞에 두면 태산을 가릴 수 있다.
반면에 태산도 멀리서 보면
그 너머의 하늘이 보인다.
여기서 알아야 할 것이 있다.
세상에 큰 그림이 따로 있고
작은 그림이 따로 있는 것이 아니다.
자신이 얻으려는 것에 집착하면
모든 것은 눈앞에 있을 것이며,
내 것이 아니고 모든 것에 의지하여
연결된다는 생각을 가지면
한눈에 모든 것이 보일 만큼
멀리 떨어지게 될 것이다.

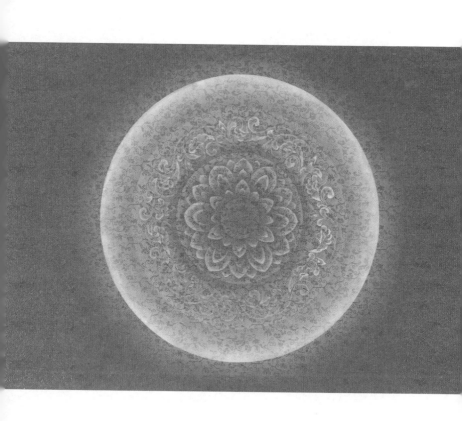

욕심 많은 사람의 큰 그림^{big picture}은
기껏해야 자기가 가진 제일 큰 액자에
그림을 가득 채워 그리는 것이고,
현명한 사람의 큰 그림은 자기 액자를
부숴버리고 그냥 눈으로 보는 것이다.

나무든 숲이든 그 어느 하나만을 보려 하거나, 나무를 품은 숲을 먼저 보려고 하면 아무것도 찾지 못한다. '숲'은 원래 실재하지 않는다. 이 말은 나무 없는 숲은 없다는 뜻이다. 단지 나무들이 모인 총체를 이름하여 '숲'이라 부른다.

　　'나무만 보지 말고 숲을 보라.' 는 말은 나무와 나무가 어떻게 인연이 되어 서로 존재하는지를 알아야 한다는 말이다. '연결됨' '관계' 를, '인연' 의 고리를 아는 것이 빅 픽처^{big picture}이다.

고통이 당신을 붙잡고
있는 것이 아닙니다.
당신이 고통을 붙잡고
있는 것입니다.